谋略家 小故事

MÓULÜÈJIĀ XIǍOGÙSHI

李晓伟 编著

吉林美术出版社 | 全国百佳图书出版单位

亲爱的家长朋友：孩子现在是你们怀抱的小宝贝，却是未来社会的栋梁材，未来我们祖国建设需要各式各样人才，这就需要从小培养孩子成为人才的梦想。经常给他们讲古今中外各类人才的成长故事，让孩子从小站在巨人的肩膀上成长，就能让孩子的梦想更加远大。

崇拜伟人是我们每个人的天性，特别是广大孩子，天生就是追星族。我们要很好地引导他们，让他们带着崇敬与激情顺着伟人成长轨迹，开启与陶冶他们心灵。这样，他们便会有一股发自心底的潜力，一股追求奋起的冲动，并随着伟人的道路去寻找他们的人生理想。

这些伟大人物，是人间英杰，不朽灵魂，是我们人类的骄傲和自豪，我们不能忘记他们在那历史巅峰发出的宏音，应该让他们永垂青史，英名长存，永远记念他们的丰功伟绩，永远作为我们的楷模，

以使我们孩子在未来也成为出类拔萃者，让他们开创更加美好的人生。

为此，我们根据广大小朋友心理发育和学习吸收特点，特别编撰了这套《大名人的启迪小故事》，只要小朋友们随时听讲这些富于启迪性小故事，那么就能开启心灵之门，跟着伟人足迹很好地成长。

这些故事都通过了高度精选，很具有经典性和代表性。同时也通过了高度浓缩，保持了故事梗概和精华，使得故事短小精炼，明白晓畅，非常适宜广大小朋友阅读，也适合广大父母讲给孩子们听！

我们还对故事进行了注音，并配有精美图画，图文并茂、生动形象，能够激发小朋友们的阅读兴趣。因此，本套作品既是广大小朋友们自主阅读的良好选择，也是广大父母给孩子讲故事的最佳读物，希望广大父母和小朋友们喜欢！

目录
Contents

guǎn zhòng
管 仲

——尽心尽力的齐国相国

guǎn zhòng　qián　qián　　　　　　míng yí wú zhòng
管 仲（前719–前645），名夷吾，仲
shì tā de zì　　ān huī xī běi bù rén　chūn qiū shí qī fǎ jiā
是他的字。安徽西北部人。春秋时期法家
rén wù　　bèi chēng wéi guǎn zǐ　guǎn
人物，被称为管子、管
yí wú　guǎn jìng zhòng　　chūn qiū chū
夷吾、管敬仲。春秋初
nián de dà zhèng zhì jiā　　bèi yù wéi
年的大政治家。被誉为
fǎ jiā xiān qū　　　shèng rén zhī
"法家先驱"、"圣人之
shī　　　huá xià wén míng de bǎo hù
师"、"华夏文明的保护
zhě　　　huá xià dì yī xiàng
者"、"华夏第一相"。

齐桓公继承君位后，鲍叔牙向他举荐管仲执掌国政。齐桓公不仅不计私仇，对管仲格外尊重。

管仲被齐桓公的仁爱之心感动，真心诚意地担任齐国相国，尽心尽力。

管仲认为："仓廪实而知礼节，衣食足而知荣辱。"所以改革必须先着眼于经济方面，同时，也注意政治和军事。

管仲对农业税制的改革实行"相地而衰征"的分配形式。从而废除了集体无偿耕种"公田"的劳役税制，改为所有土地一律按土质好坏、面积大小，征收不同等级的实物税。"相地而衰征"首先是分

"公田"为"份地"，改集体耕作为个体生产。通过"均地分力"，农民就可知道产量的多少直接关系到自己家庭生活的好坏，才能不怕劳苦，自觉地劳动。

管仲还提倡"本末并重"，即将工商与农业放在同等重要的地位，因地制宜地实行多种经营，使得鱼盐、山林、川泽之利大兴。他也很重视工农技术的发展，实行各类人员专业化。

管仲认为物质条件是一切社会生活的基础，人们努力去追求更好的物质生活是社会的普遍现象。

"夫人之情，见利莫能勿就，见害莫

néng wù bì　　qí shāng rén tōng jiǎ　　　bèi dào jiān xíng　　yè yǐ jì
能勿避。其商人通贾，倍道兼行，夜以继

rì　　yuǎn qiān lǐ　ér bú yuàn zhě　　　lì zài qián yě　　　yú rén zhī
日，远千里而不怨者，利在前也。渔人之

rù hǎi　　hǎi shēn wàn rèn　　jiù bō nì liú　　chéng wēi bǎi lǐ
入海，海深万仞，就波逆流，乘威百里，

sù yè bù chū zhě　　lì zài shuǐ yě　　　gù lì zhī suǒ zài　　suī
宿夜不出者，利在水也。故利之所在，虽

qiān rèn zhī shān　　wú suǒ bù zhǐ　　shēn yuān zhī xià　　wú suǒ bù
千仞之山，无所不止；深渊之下，无所不

rú yān　　　zhè xiē sī xiǎng duì hòu shì yě yǒu zhe zhòng yào de qǐ
如焉。”这些思想对后世也有着重要的启

shì zuò yòng
示作用。

zài zhèng zhì fāng miàn　　guǎn zhòng lìng shì　nóng　gōng
在 政 治 方 面，管 仲 令 士、农、工、

shāng sì zhǒng rén fēn qū jū zhù　　bǎ quán guó fēn wéi èr shí yī
商 四 种 人 分 区 居 住。把 全 国 分 为 二 十 一

xiāng　　qí zhōng gōng sān xiāng　shāng sān xiāng　shì nóng hé
乡，其 中 工 三 乡、商 三 乡、士 农 合

zhàn shí wǔ xiāng　　gōng shāng zhuān xīn yú běn yè　　bù
占 十 五 乡。工 商 专 心 于 本 业，不

fú bīng yì　　shì nóng xiāng píng shí　　shí
服 兵 役。士 农 乡 平 时 "食

田"、耕田；一有战事，士则充当甲士或小军官，农则为兵卒。士农乡中以五家为一轨，十轨为一里，四里为一连，十连为一乡。

各级行政机构都有负责人。战时，各级行政负责人又成为军官。

每户出一壮丁，每五丁为一伍，每五十丁为一小戎。每二百丁称为一卒，每二千丁称为一旅。

全国十五乡即为十五旅，每五旅合为一军，全国共有三个军。齐王与两大贵族各率一军。

从上述情景不难看出，齐

国的行政组织实际上是兵民合一的组织。

无论是经济发展还是军事防卫，国家都拥

有坚固的内部结构。

在官员管理上，管仲命令各人恪守

职责，不准懈怠。若有违军令不尽责者，

可一可二，再三必定严惩。还令各级官

吏随时举荐贤才，否则就是"蔽明"、"蔽

贤"，也要治罪。经过改革，几年之后，

齐国成为了当时最富强的国家。

管仲为齐桓公制定的政治方针是以

"尊王攘夷"为号召，征讨不服，平恤患

难，以武力和德望称霸天下。

一次，桓公因蔡姬之事欲出兵伐蔡。

管仲见劝阻无效，便建

议齐桓公先以楚已有三年

未向天子纳贡为由出兵伐

楚。获胜归来，再以蔡

guó bù cān jiā fá chǔ wéi yóu chū bīng　　qí huán gōng tīng zhī　　qīn
国不参加伐楚为由出兵。齐桓公听之，亲

shuài zhū hóu lián hé fá chǔ　　pò shǐ chǔ yǔ gè zhū hóu qiān lì méng
率诸侯联合伐楚，迫使楚与各诸侯签立盟

yuē　　zhū hóu jiē fú
约，诸侯皆服。

　　　cóng gōng yuán qián　　nián dào gōng yuán qián　　nián　　guǎn
从公元前685年到公元前645年，管

zhòng yì zhí bǐng chéng qiān gōng de tài du　　bìng lǚ cì yuē shù huán
仲一直秉承谦恭的态度，并屡次约束桓

gōng yào bù jiāo bú zào　　chū shī yǒu míng　　qīn xián zhě yuǎn xiǎo
公要不骄不躁，出师有名，亲贤者远小

rén　　wèi qí guó chēng bà lì xià le hàn mǎ gōng láo
人，为齐国称霸立下了汗马功劳。

fàn lǐ
范　蠡

——辅佐勾践灭吴的谋士

范蠡（前536－前448），春秋末期著名的政治家、军事家、道家和经济学家。被后人尊称为"商圣"，"南阳五圣"之一，他虽出身贫贱，但是博学多才。他因不满当时楚国政治黑暗、非贵族不得入仕而一起投奔越国，辅佐越国勾践。

范蠡，字少伯，又名鸱夷子皮、陶朱公。青少年时代就失去父母，同兄嫂一起过着贫苦的生活。

他曾经拜计然为师，研习治国治军的方策，博学多才，"有圣贤之明"，但是怀才不遇。因而"倜傥负俗"，行为怪异，被视为狂人。直到遇见具有识才之明的文

zhǒng fàn lǐ de shēng huó cái fā shēng tū rán zhuǎn biàn
种，范蠡的生活才发生突然转变。

wén zhǒng dāng shí shì chǔ guó wǎn líng de dì fang guān zǎo
文种当时是楚国宛陵的地方官，早

jiù tīng shuō dāng dì yǒu xián zhě dàn wèi néng zhǎo dào
就听说当地有贤者，但未能找到。

fàn lǐ de guài yì xíng wéi yǐn qǐ le wén zhǒng de zhù yì
范蠡的怪异行为引起了文种的注意。

èr rén yí jiàn rú gù zhōng rì ér yǔ jí chén bà wáng zhī dào
二人一见如故，"终日而语，疾陈霸王之道"，

zhì hé yì tóng cǐ hòu jiāo wǎng rì yì jiā shēn dāng shí yǐ
"志合意同"。此后交往日益加深。当时已

chū táo wú guó de wǔ zǐ xū pài rén yāo wén zhǒng qù wú guó wén
出逃吴国的伍子胥派人邀文种去吴国。文

zhǒng yǔ fàn lǐ shāng liang hé qù hé cóng
种与范蠡商量何去何从。

fàn lǐ fēn xī chǔ wú yuè sān
范蠡分析楚、吴、越三

guó xíng shì rèn wéi dāng shí zhèng chǔ yú
国形势，认为当时正处于

wú yuè zhēng xióng zhī shí wú yuè zhī jiān
吴越争雄之时，吴越之间

máo dùn rì yì jī huà chǔ yuè zhī jiān cún
矛盾日益激化，楚越之间存

zài zhe lián bīng fá wú de guān xi
在着联兵伐吴的关系，

"霸业创立，非吴即越"。

他还认为，"君子逢时，不入雠邦"，犯不着为伍子胥报杀父之仇而"失故国之亲"。因此，他建议去越国，并表示愿意和文种一起去。

于是，二人先后离楚入越，受到越王允常重用，被任命为大夫。范蠡从此登上政治、军事舞台。

公元前496年，越王允常病亡，他的儿子勾践继位。范蠡和文种继续得到重用，主持越国军政。

公元前494年，勾践得知吴国加紧练兵，准备伐越，决定先发制人，出兵攻吴。

范蠡认为越国实力不充足，准备不充分，时机不成熟，劝勾践改变决定。

勾践不听，坚持出兵，以舟师进攻吴国的震泽。结果，越军大败。勾践率残余越军退守会稽山，被吴军团团包围。

这时，勾践方才悔

wù　　dùi fàn lǐ shuō　　dāng chū bù tīng nǐ de huà　zhì zāo
悟，对范蠡说："当初不听你的话，致遭

rú cǐ shī bài　　xiàn zài gāi zěn me bàn
如此失败。现在该怎么办？"

　　　　　fàn lǐ rèn wéi　　wèi le bì miǎn wáng jūn wáng guó de jié
　　范蠡认为，为了避免亡军亡国的结

jú　　wéi yī de bàn fǎ shì qiú hé tú cún　děng dài shí
局，唯一的办法是求和图存，等待时

jī　lìng móu xīng fù
机，另谋兴复。

　　　　　gōu jiàn cǎi nà le fàn lǐ de fāng cè　　pài wén zhǒng
　　勾践采纳了范蠡的方策，派文种

　　　　　　dào wú guó qiú hé　　jīng guò duō fāng nǔ
到吴国求和。经过多方努

　　　　lì　　shǐ de wú wáng fū chāi yǔn xǔ　　zì
力，始得吴王夫差允许。自

　　　　cǐ yǐ hòu　　fàn lǐ xiān shì suí gōu jiàn
此以后，范蠡先是随勾践

dào wú guó dāng rén zhì　　guò le sān nián rěn rǔ fù zhòng de nú pú
到吴国当人质，过了三年忍辱负重的奴仆

shēng huó
生活。

　　fàn lǐ bèi qiǎn fǎn huí guó yǐ hòu　　yòu xié zhù gōu jiàn
　　范蠡被遣返回国以后，又协助勾践

shí nián shēng jù　　shí nián jiào xun
"十年生聚，十年教训"，

zhèn xīng yuè guó　　sì jī miè wú
振兴越国，伺机灭吴。

　　miè wú xīng yuè zhī zhàn
　　灭吴兴越之战，

是一场扶危定倾、转败为胜的战争，因而也是一场依靠坚强毅力和正确谋略取胜的战争。

在这场战争中，作为主要决策者和指挥者之一的范蠡，"勇而善谋"，"苦身戮力，与勾践深谋二十余年"，对取得战争的胜利作出了决定性贡献。

经过六年奋战，终于攻陷姑苏，灭亡吴国。然后乘胜北进，与中原诸侯会盟，取代吴国的霸主地位，横行江淮，称霸中原，国势达到鼎盛阶段。

张 仪
——游说秦齐联盟的外交家

张仪（？－前309），魏国贵族后裔，战国时期著名的纵横家、外交家和谋略家。张仪首创连横的外交策略，游说入秦。后来张仪出使游说各诸侯国，以"横"破"纵"，使各国纷纷由合纵抗秦转变为连横亲秦。

为了瓦解抗击秦国的合纵联盟，秦相张仪先后说服了魏、楚、韩各国，背叛联盟，亲附秦国。

为此，秦惠王嘉奖张仪5座城邑，封他为武信君。并且派他继续游说，进一步破坏合纵战线。

这一天，张仪来到齐国，对齐闵王进行游说。张仪说："天下强国没有谁能超过齐国。齐国的百姓富足，父老安乐。然而替大王谋划的却都是些目光短浅的人，进献的策略都是一时之说。而那些合纵的鼓吹者一定是颂扬大王的兵多将

广，无敌于天下。不过我听说历史上齐国跟鲁国曾3次交战，鲁国三次获胜。可最后的结果却是鲁国灭亡了。秦国和赵国也是如此。在黄河、漳河岸边，在河北番吾城下，双方曾先后4次交手，结果赵国是四次取得胜利。可是赵军死亡几十万，赵国实力受到很

大程度的破坏。这种有战胜之名，无战胜之实的原因，就在于齐国、秦国的强大，而鲁国、赵国则弱小所致。"

接着，张仪向齐闵王指出，秦国与楚国已经结成了友好邻邦；韩国已献出河南宜阳；魏国献出了黄河以西的土地；赵王割让黄河、漳河之间的地区。他们都纷纷表示愿意事奉秦国。

在这种时刻，如果齐国仍坚持与秦国为敌，秦国

就可能驱使韩国、魏国攻打齐国的南部，派遣赵军渡过清河，直指博关，那么齐国的都城临菑和即墨城不日就会被攻克。

齐闵王一听，连忙抱歉道："齐国地方偏远落后，不曾听过关于国家长远利益的高见。"他答应张仪，离开合纵联盟，亲附秦国。

李 斯
lǐ sī

——辅佐秦王统一六国的丞相

李斯（前284-前208），字通古，秦代著名的政治家、文学家和书法家。他协助秦始皇统一了天下，并参与制定了法律，统一车轨、文字、度量衡制度。李斯政治主张的实施对中国和世界产生了深远的影响。

李斯年轻时曾在楚国做过郡掌管文书的小吏。但他不满足于自己的处境和地位。为了达到飞黄腾达的目的，他弃掉小官不做，离开楚国，跑到当时学术气氛最浓的齐国，投拜荀子为师。

由于他有明确的学习目的，因此读书认真，钻研精神很强，学业优良，成绩突

chū hěn de lǎo shī xún zǐ de shǎng shí
出，很得老师荀子的赏识。

lǐ sī xué chéng zhī hòu fǎn fù sī kǎo le zì jǐ de qù
李斯学成之后，反复思考了自己的去

xiàng hé yòng wǔ zhī dì yǐ shí xiàn mèng mèi yǐ qiú de gāo guān hòu
向和用武之地，以实现梦寐以求的高官厚

lù hé róng huá fù guì
禄和荣华富贵。

tā jīng guò shěn shí duó shì rèn wéi dāng shí hù xiāng kàng
他经过审时度势，认为当时互相抗

zhēng de qī guó zhōng qí tā liù guó bú shì ruò xiǎo jiù shì guó
争的七国中，其他六国不是弱小，就是国

wáng wú suǒ zuò wéi wéi dú qín guó zuì qiáng qín wáng zhèng yòu
王无所作为，唯独秦国最强，秦王政又

很能干，将来天下必归于秦。因此，他断

然决定投奔秦国去施展自己的才华。

到达秦国李斯先在相国吕不韦的门下

作舍人，很得吕的赏识，任命他为郎官。

秦王政认识了他。

李斯便主动向秦

王献计说："如

果想要干成一番

事业，必须要抓

住时机。现在秦

国的国力已很强

大，各国都不如，

加上大王你又贤德，因此打败六国有如扫除灶上的灰尘那样容易。现在是下决心完成帝业，统一天下的最好时机，千万不要错过呀！"

秦王非常欣赏李斯的见解，器重他的才华，很快提拔他为长史。

接着，李斯又为秦王出点子，让秦王派人持金玉珍宝出使各国，游说、收买、贿赂、离间六国的君臣，采取各个击破的办法，逐个加以消灭吞并。

秦王采纳了李斯的策略，收到了很好的效果。于是重用李斯，提拔他为客卿。

李斯不仅为秦始皇消灭六国、统一中国出谋献策，而且对统一后的秦帝国，如何巩固和加强中央集权统治，也为秦始皇出了点子。

前221年，秦国经过连年征战，消灭

六国，在中国土地上建立起一个幅员空前广大，人口骤然增多的第一个大一统国家。

被任命为丞相的李斯建议拆除郡县城墙，销毁民间的兵器；反对分封制，坚持郡县制；又主张焚烧民间收藏的《诗》、《书》等百家语，禁止私学，以加强中央集权的统治。还参与制定了法律，统一车轨、文字、度量衡制度。

李斯政治主张的实施对中国和世界产生了深远的影响，奠定了中国两千多年政治制度的基本格局。

张 良
zhāng liáng

——助刘邦鸿门宴脱身的谋士

张良（前250-前186），字子房，汉族，河南颍川人，秦末汉初杰出的谋士、大臣，与韩信、萧何并称为"汉初三杰"。曾劝刘邦在鸿门宴上卑辞言和，保存实力，并疏通项羽叔父项伯，使刘邦得以脱身。

gōng yuán qián nián zhōng guó lì shǐ shàng dì yī gè tǒng
公元前221年，中国历史上第一个统

yī de fēng jiàn wáng zhāo qín cháo jiàn lì yóu yú qín de tǒng zhì
一的封建王朝秦朝建立。由于秦的统治

zhě dào xíng nì shī cán kù bō xuē rén mín zhì shǐ mín bù liáo
者倒行逆施、残酷剥削人民，致使民不聊

shēng rén mín qǐ yì bú duàn bào fā
生，人民起义不断爆发。

zài zhòng duō qǐ yì duì wu zhōng yǒu liǎng zhī qǐ yì jūn xùn
在众多起义队伍中，有两支起义军迅

sù zhuàng dà yì zhī qǐ yì jūn yóu chǔ dì dà jiàng xiàng yǔ shuài
速壮大，一支起义军由楚地大将项羽率

lǐng lìng yì zhī qǐ yì jūn de shǒu lǐng zé shì qín guó de yí gè
领，另一支起义军的首领则是秦国的一个

低等官僚刘邦。项羽和刘邦约定，如果谁先攻入秦的都城咸阳，谁就可以称王。

公元前207年，项羽在巨鹿打败秦朝主力大军，而这时，刘邦已经率军攻破了秦都城咸阳。

刘邦听从谋士劝谏，将军队安置在咸阳附近的霸上，没有进入咸阳。他封闭秦王宫殿、钱库等重地，并且安抚咸阳百姓。

老百姓看见刘邦待人宽容、军纪严肃，非常高兴，都希望刘邦当秦王。

项羽知道刘邦先进了咸阳，非常愤怒，率领四十万大军进驻咸阳附近的鸿门，准备抢夺咸阳。项羽的军师范增劝项

羽一举消灭刘邦。

消息传到了刘邦那里，谋士张良认为，目前刘邦的军队只有十万人，势力太弱，不能和项羽正面较量。张良就请好朋友、项羽的叔父项伯去说情。

然后，刘邦带着张良和大将樊哙亲自到鸿门，告诉项羽，自己只是看守咸阳，等项羽来称王。项羽相信了刘邦，设宴招待他。

范增坐在项羽旁边，几次暗示项羽动手杀刘邦，可是项羽却假装没看见。范增就让大将项庄到酒桌前舞剑助兴，想借机会刺杀刘邦。

项羽的叔父项伯赶紧也拔剑陪舞，用身体挡着刘邦，暗中保护他，项庄一直没有得手。

张良一看情况紧急，赶紧出去召唤刘邦的大将樊哙。樊哙立刻手持盾牌和利剑，直接闯入军帐，斥责项羽说："刘邦攻下咸阳，没有占地

称王，却回到霸上，等着大王你来。这样有功的人，不仅没有得到封赏，你还听信小人的话，想杀自己兄弟！"

项羽听了，心中惭愧。刘邦乘机假装上厕所，带着随从跑回霸上自己的军营中。

móu shì fàn zēng jian xiàng yǔ fàng pǎo le liú bāng fēi cháng
谋士范增见项羽放跑了刘邦，非常

shēng qì shuō xiàng yǔ zhēn shì bù néng chéng dà shì kàn zhe
生气，说："项羽真是不能成大事！看着

ba jiāng lái duó qǔ tiān xià de yí dìng shì liú bāng
吧，将来夺取天下的一定是刘邦。"

hóng mén yàn hòu xiàng yǔ fēn fēng zhū hóu jiāng bā shǔ hé
鸿门宴后，项羽分封诸侯，将巴蜀和

hàn zhōng fēng yǔ liú bāng liú bāng bù xià duō yǐ wéi bù píng ér
汉中封与刘邦。刘邦部下多以为不平，而

zhāng liáng què quàn liú bāng yǐn rěn yǐ chéng dà shì lì yòng bā shǔ
张良却劝刘邦隐忍以成大事：利用巴蜀

wù fù mín fēng zhī lì zàn bì hùn
物富民丰之利，暂避混

luàn jú miàn jìng guān qí biàn
乱局面，静观其变。

liú bāng tīng cóng zhāng
刘邦听从张

liáng zhī jì rù shǔ hòu
良之计，入蜀后

shāo diào zhàn dào yǐ shì
烧掉栈道以示

zì jǐ bìng wú yě xīn
自己并无野心，

mí huò xiàng yǔ bìng
迷惑项羽；并

依靠韩信，争取英布，联络彭越，以图一
统天下的大业。

后来，项羽无力再战，提出与刘邦
划江为界，中分天下。张良建议他撕毁协
议，趁楚兵疲乏追杀到底，终于迫使西楚
霸王乌江自刎。

荀 攸
xún   yōu

——为活捉吕布献计的军师

荀攸（157—214），杰出战术家，东汉末曹操谋士，颍川颍阳人，出身于士族家庭。曹操迎天子入许都之后，荀攸成为曹操的军师。曹操征伐吕布时荀攸劝阻了曹操退兵，并献奇计水淹下邳城，活捉吕布。

建安元年，曹操迎汉献帝到许昌后，政治上处于主动，急于网罗人才，荀彧遂推举荀攸。

建安三年秋，吕布与袁术串通派高顺攻刘备。夏侯享救援，连战失利。刘备也被高顺打败。

曹操欲亲征吕布，诸将反对说："刘表、张绣在我们后边，虎视眈眈。此时，远袭吕布，刘表、张绣乘机从我们后边进攻，那是十分危险的。"

荀攸认为："刘表、张绣刚被打败，必不敢轻举妄动。而吕布骁猛，又仗恃袁术，如果在淮、泗之间纵横征伐，豪杰必

然响应依附他。

如今，我们乘其刚刚起事，众心尚未统一，即刻前往，定能取胜。"

曹操对荀攸的分析很赞成，决心征讨吕布。九月东征，十月下彭城，攻至下邳。吕布败退固守。攻之不拔，连攻数次，无济于事，曹军疲惫。曹操无奈，打算退兵。

xún yōu jiàn xià pī jiǔ gōng
荀攸见下邳久攻

bú xià ér cáo cāo yòu yào tuì bīng jí máng quàn shuō cáo cāo
不下，而曹操又要退兵，急忙劝说曹操：

lǚ bù yǒu yǒng wú móu sān zhàn jiē bài ruì qì quán wú
"吕布有勇无谋，三战皆败，锐气全无。

sān jūn yǐ jiàng wéi zhǔ zhǔ shuāi zé jūn wú zhàn xīn lǚ bù shǒu
三军以将为主，主衰则军无战心。吕布手

xià de chén gōng suī yǒu móu ér chí xiàn zài lǚ bù shì qì shuāi
下的陈宫虽有谋而迟，现在，吕布士气衰

jié shàng wèi huī fù chén gōng de móu huà shàng wèi jué dìng wǒ
竭，尚未恢复，陈宫的谋划尚未决定，我

men yīng jí sù jìn gōng zé chéng kě bá bù kě qín
们应急速进攻，则城可拔，布可擒。"

xún yōu guō jiā yòu xiàn jì wā kāi yí shuǐ hé qiú shuǐ
荀攸、郭嘉又献计，挖开沂水和泗水

的堤坝，让洪水淹没下邳。

曹操非常高兴。于是决水淹城。一月有余，吕布手下将领宋宪、魏续等兵变，捕栋宫，投降曹操。吕布亲自登白门楼抵抗，曹兵将白门楼团团围住，吕布无奈，只得投降。操命人将吕布缢杀，然后枭首。

荀彧是曹操的第一

^{hào móu chén} ^{xún yōu jǐn cì zhī} ^{dàn xún yù zuì hòu què bèi bī}
号谋臣，荀攸仅次之。但荀彧最后却被逼

^{zì shā le} ^{xún yōu} ^{shēn mì yǒu zhì fáng} ^{zì cóng tài zǔ zhēng}
自杀了。荀攸"深密有智防，自从太祖征

^{fá} ^{cháng móu mó wéi wò}
伐，常谋谟帷幄。"

^{cáo cāo zhè yàng chēng zàn xún yōu de móu lüè}
曹操这样称赞荀攸的谋略：

^{gōng dá wài yú nèi zhì} ^{wài qiè nèi yǒng} ^{wài}
"公达外愚内智，外怯内勇，外

^{ruò nèi qiáng} ^{bù fá shàn} ^{wú shī láo} ^{zhì kě}
弱内强，不伐善，无施劳，智可

^{jí} ^{yú bù kě jí} ^{tā qián hòu wèi cáo cāo}
及，愚不可及。"他前后为曹操

^{huà qí cè shí èr} ^{suàn wú yí cè} ^{jīng}
画奇策十二，算无遗策，经

^{dá quán biàn}
达权变。

诸葛亮

——七擒孟获平定叛乱的智者

诸葛亮（181-234），字孔明，号卧龙，三国时期蜀汉丞相，杰出的政治家、军事家。刘禅追谥其为忠武侯。诸葛亮一生"鞠躬尽瘁、死而后已"，是中国传统文化中忠臣与智者的代表人物。代表作有《出师表》、《诫子书》等。

在蜀汉管辖的南中地区，自古以来被称之为"夷越之地"，居住着叟、青羌等多种少数民族。东汉中后期，政治腐败，贪官污吏横行，对人民横征暴敛，南中各民族也深受这种暴虐统治之害。

东汉统治者对西南各族人民的压迫和剥削，激起了各族人民的多次反抗。虽然每一次起义和反抗，都被统治者残酷镇压下去，但斗争风云总是此起彼伏，从未间断。

面对东汉这种民族矛盾尖锐复杂的情况，诸葛亮认为这是刘备集团占据益州后巩固内部、求得发展的重要前提之一。

刘备入主益州之后，先后派了"轻财果毅"的邓方和处事干练的李恢为南中地区主政长官。

由于他们很好地执行了诸葛亮的"和抚"政策，注意不过重

剥削压迫少数民族，约束了地方官吏和豪强的霸道行为，在一定程度上得到了南中各族人民的支持和拥护，缓和了当时尖锐的民族矛盾，蜀汉政府对南中地区的控制也得到了加强。

但是蜀汉政府的"和抚"政策，都遭到一部分蓄意制造分裂的汉族豪强地主和

少数民族"夷帅"的抵制和反对，他们蠢蠢欲动，伺机发动叛乱。

225年3月，蜀汉丞相诸葛亮决定亲自率军平定南中叛乱。参军马谡为诸葛亮送行时候提出平定叛乱要采取"攻心为上，攻城为下，心战为上，兵战为下"的战略，诸葛亮亦接纳此建议，遂分兵三路，他率主力大军，从成都

由水路出发，进军越巂郡，讨伐高定。

此时，雍闿与高定发生摩擦，最后为高定所杀，孟获趁机收编了雍闿部众，继续率领南中人与蜀汉交战。

诸葛亮大军到达南中后数战皆胜，先斩杀高定，然后与其他两路大军汇合。三路大军声势相连，准备迎战孟获。

诸葛亮听到孟获为当地人所信服，便想通过生擒迫使他归顺，从而达到收服南中民心的目的。

5月，大军渡过泸水，与孟获军战，成功俘虏孟获，诸葛亮带他到营阵观赏，问他觉得蜀军如何。

mèng huò huí dá tā　　　wǒ zhī qián bù zhī nǐ jūn xū
孟获回答他："我之前不知你军虚

shí　suǒ yǐ cái zhàn bài　xiàn jīn méng cì guān kàn yíng zhèn　yuán
实，所以才战败。现今蒙赐观看营阵，原

lái zhǐ shì rú cǐ　　bì dìng kě yǐ shèng lì le
来只是如此，必定可以胜利了。"

　　zhū gě liàng de xīn yì zài běi fāng　　yòu zhī dào nán rén
诸葛亮的心意在北方，又知道南人

pàn luàn wèn tí yán zhòng　biàn yòng mǎ sù tí chū de cè lüè　yào
叛乱问题严重，便用马谡提出的策略，要

mèng huò xīn fú kǒu fú　　yīn cǐ biàn xiào zhe jiāng tā fàng zǒu zài
孟获心服口服。因此便笑着将他放走再

zhàn　　zhū gě liàng duì mèng huò qī qín
战。诸葛亮对孟获七擒

qī zòng hòu　　réng
七纵后，仍

要继续放他走。

孟获及其他土著首领终于对诸葛亮彻底信服了，孟获说："您代表着天上的神威，南中人不会再反叛了。"于是他带领蜀汉大军到滇池，与诸葛亮盟誓，蜀军成功平定南中。孟获后来迁为御史中丞。

蜀军归还后，因诸葛亮一反两汉以来委官统治、遣兵屯守的惯例，采取"不留兵，不运粮"，重用地方势力，保障他们的利益的政策，任用马忠、吕凯等人采取怀柔政策治理南方，大量起用当地少数族的上层分子，此后南中再没有发生过大规模叛乱。

刘 基

——明初的一代奇人

刘基（1311-1375），字伯温，元末明初的军事家、政治家、文学家，明朝开国元勋，刘基通经史、晓天文、精兵法。他辅佐朱元璋完成帝业、开创明朝并尽力保持国家的安定，因而驰名天下。

刘基在48岁那年遇到朱元璋，被朱元璋聘至南京充任谋臣后，刘伯温针对当时形势陈时务18策，提供了好几个关键性的军事策略，如先灭陈友谅与张士诚、方国珍暂时妥协，避

免两线作战、各个击破的建策，为朱元璋采纳。

朱元璋先后攻灭陈友谅、张士诚、方国珍等势力多按刘基的计策行事。

公元24年，朱元璋自立为吴王，刘基为太史令。

公元27年，升御史中丞兼太史令，又为朱元璋谋划制定北伐灭元方略并得以实现。其间共参与军机八年，筹划全局，有定策之功。洪武三年封诚意伯。

不过，刘伯温虽才华盖世，胸有韬略，却不是政治家。如果他专注于学问，成就必定会不逊于任何一代宗师。

刘伯温是性情中人，决不会为逃避乱世纷争，躲起来一门心思做个人研究。

而且他心地至诚，性格正直刚烈，嫉恶如仇。熟读历史的他知道，伴君如伴虎，对开国功臣来说尤其如此。

刘伯温早就知道，朱元璋是一个只能共患难，不能共富贵的人。所以，当洪武三年朱元璋欲任命他为丞相时，刘伯温以不适合做官为由力辞，可惜，一入侯门深如海，已没有了退出的余地了。

即帝位后的朱元璋，心态开始发生变化，"非我族类，其心必异"这是所有帝王的一贯思维，只不过在朱元璋身上更

biàn běn jiā lì　　gèng kè bó guǎ qíng
变本加厉，更刻薄寡情。

　　zhū yuán zhāng xuǎn zé liú bó wēn chōng dāng shā shǒu　ràng tā
　　朱元璋选择刘伯温充当杀手，让他

shōu shi kāi guó yuán lǎo lǐ shàn cháng　jì shì lì yòng　yě shì shì
收拾开国元老李善长，既是利用，也是试

tàn tā de zhōng chéng dù
探他的忠诚度。

　　tā yí dàn shòu mìng huò kě jiǎn qīng zhū yuán zhāng de cāi yí
　　他一旦受命或可减轻朱元璋的猜疑，

rán ér　　chún wáng zé chǐ hán　cǐ lì yì kāi　yǐ hòu zhū yuán
然而，唇亡则齿寒，此例一开，以后朱元

zhāng duì dài kāi guó gōng chén jiù　huì huàn lìng wài
璋对待开国功臣就会换另外

yí fù miàn kǒng　cǐ děng bú yì zhī jǔ
一副面孔，此等不义之举，

liú bó wēn shì jué bù kě wéi de　　dì èr nián tā jiù qǐng tuì
刘伯温是绝不可为的。第二年他就请退，

gào lǎo huán xiāng le
告老还乡了。

　　liú bó wēn suī guī lǎo yú xiāng　dàn zhū yuán zhāng yí jì zhī
　　刘伯温虽归老于乡，但朱元璋疑忌之

xīn hěn qiáng　rén bú zài shēn biān fǎn jué nán yǐ zhǎng kòng　gèng yù
心很强，人不在身边反觉难以掌控，更欲

chú zhī ér hòu kuài
除之而后快。

　　liú bó wēn yě zhī dào zhū yuán zhāng duì tā bú huì jiù cǐ fàng
　　刘伯温也知道朱元璋对他不会就此放

心的，所以他把儿子留京为官，算是人质。

当时瓯、闽间有一条狭长的地域叫谈洋，该地区是盐贩、盗贼聚集的地方，方国珍便是从这起兵反叛的。

刘基委托儿子刘琏上奏，建议应在该地区设立巡检司以控制管辖该地，使那里的刁民无机可乘，不能互相勾结或胁迫戍边士兵一道出逃反叛。

朱元璋对此事不置可否。刘伯温于是只好赴京亲自上朝拜见朱元璋，但朱元璋又假装全然不过问此事，刘伯温既不能辨白，又不敢离京。

不久便发病了。此时胡惟庸携带补药

前来探望病情。刘基吃了胡惟庸拿来的药后，顿时感到有如拳头大小的石头般的硬物堵塞在胸口。

刘基又把这件事奏明了朱元璋，朱元璋依旧不过问。又过了三个月，病情更加恶化。

朱元璋派人前去问候刘基，得知他已不能起床了，便让他乘坐传送公文的船返回青田家乡。不久后，一代绝世奇才就这样去世了。

姚启圣
yáo qǐ shèng

——清朝对台政策的制定者

姚启圣（1624-1683），字熙止，号忧庵，浙江绍兴人。清朝康熙年间政治家、军事家，收复台湾的决定性人物之一，在收复台湾战役中功勋卓著，为清政府最后统一台湾作出了突出的贡献。

zuò wéi móu lüè jiā de yáo qǐ shèng　tā de móu lüè tóu nǎo
作为谋略家的姚启圣，他的谋略头脑

hé cái néng zhǔ yào biǎo xiàn zài tā cóng jūn　cóng zhèng de móu lüè sī
和才能主要表现在他从军、从政的谋略思

xiǎng hé yí xì liè zhèng cè shàng
想和一系列政策上。

jù shǐ liào tǒng jì　yáo qǐ shèng zì kāng xī shí qī nián
据史料统计，姚启圣自康熙十七年

zhuó shēng fú jiàn zǒng dū zài rèn de liù nián jiān　guāng shì fā chū yǒu
擢升福建总督在任的六年间，光是发出有

guān zhāo fǔ tóu chéng de zhào shì xuān chuán wén
关招抚投诚的照示宣传文

gào jiù duō dá èr shí yú
告就多达二十余

zhǒng　tǐ xiàn le
种，体现了

tā yǐ róu qǔ shèng
他以柔取胜

hé yǐ zhèng zhì
和以政治

手段谋取台湾守将回归的策略思想。

姚启圣很善于做敌军的工作，在他任康亲王的参谋时，就以计接近叛将耿精忠，晓以形势和利害关系，使耿精忠归降满清，并因此被提升为福建布政使。

二年后，姚启圣又因策略对头，积极筹办军饷，保障军事行动供给的后勤应有功，而升任为总督。

在出任总督不久，姚启圣就发出命令颁布招抚尝格十款，发动各阶层人士利用乡党邻里亲属的关系开展对敌军的招抚工作，凡有功者均"具题优叙职衔，补用实缺"，并规定了带武器、士兵、船只投

诚的各种奖赏条款。

还郑重宣布：将一切歧视、压制海上人员在大陆上亲友的政策"亟行禁除"，"以后不许挟怨指称与海上镇营族戚以及瓜葛"而进行陷害。

同时，姚启圣又严饬所部官兵：敌军"凡临阵抛戈解甲、丢去刀械奔来归降者，即系降化之人，不许杀戮，更不得诈为生擒，冒混献功。"

姚启圣还积极主张对归降之台湾郑氏的官兵要尽力妥善安置和大胆使用。他在给康熙的上疏奏本中请求清廷"酌给投诚官俸，以安反侧。"

当清政府同意他的意见后，姚启圣又具体做出了安置办法，并亲自带头做落实工作。例如他大胆使用施琅就是很好的例子。

施琅本系台湾郑氏投诚的将领，此人稳重老练并富有实际经验，是个很有才华的人，姚启圣便多次上疏清廷举荐施琅，并以身家百口性命保举施琅出任剿抚台湾的主将。施琅亦不负其望，在以

后统一台湾的过程中建立了不朽之功。

姚启圣还专门对台湾老百姓制定出政策，规定：如内地人民流入台湾者，均听各归原籍；如系土著，则听以仍居台湾。这其实是为清政府统一台湾提出的正确政策。

姚启圣的谋略思想和为清政府制定的一系列对台政策，不仅在当时台湾军民中引起了强烈反响，在一定程度上安定了民心。"诸伪将伪兵闻之，争欲自投来归，禁不能止。"而且具有深远的历史影响，对中国的统一和民族团结有着积极的意义。

克伦威尔
kè lún wēi ěr

——英吉利共和国护国公

奥利弗·克伦威尔（1599－1658），英吉利共和国护国公，是英国革命的著名领导人，军事家，政治家。曾逼迫英国君主退位，解散国会，并转英国为资产阶级共和国，建立英吉利共和国，出任护国公，成为英国事实上的国家元首。

1640年，国王再次召集国会，克伦威尔又任议员。新的国会激烈抨击宗教迫害、滥征税收等暴政，国王无意服从国会，于是，效忠国王的军队与效忠国会的军队之间的战争，在1642年爆发。

克伦威尔站

在国会一边。他回到亨廷顿，招募了一支骑兵，参加反对国王的战斗。在历时4年的战争中，他的军事才能得到充分展现。

他是指挥马其顿荒原战役和内斯比战役的重要将领，而前者是战争的转折点。

1646年，战争结束，查理一世被捕，克伦威尔成了国会军中最有威望的将领。

但是和平并没有到来，因为国会这边分成许多派别，目标各不相同。国王得以拒绝谈判。

一年后，第二次内战爆发。查理一世乘机逃跑，并试图重组军队进行反扑。战争的结果是国王战败被擒。克伦威尔清除

<ruby>国会中<rt>guó huì zhōng</rt></ruby><ruby>谋求妥协的人士<rt>móu qiú tuǒ xié de rén shì</rt></ruby>，<ruby>并于<rt>bìng yú</rt></ruby>1649<ruby>年<rt>nián</rt></ruby>1<ruby>月<rt>yuè</rt></ruby><ruby>处死国王<rt>chǔ sǐ guó wáng</rt></ruby>。

<ruby>后来<rt>hòu lái</rt></ruby>，<ruby>克伦威尔成为共和国第一任<rt>kè lún wēi ěr chéng wéi gòng hé guó dì yī rèn</rt></ruby><ruby>国务委员会主席<rt>guó wù wěi yuán huì zhǔ xí</rt></ruby>。<ruby>英伦三岛建立起了共和<rt>yīng lún sān dǎo jiàn lì qǐ le gòng hé</rt></ruby><ruby>国<rt>guó</rt></ruby>，<ruby>国家行政大权临时由克伦威尔任主席<rt>guó jiā xíng zhèng dà quán lín shí yóu kè lún wēi ěr rèn zhǔ xí</rt></ruby><ruby>的国务委员会掌握<rt>de guó wù wěi yuán huì zhǎng wò</rt></ruby>。

<ruby>但是<rt>dàn shì</rt></ruby>，<ruby>效忠国王的势力卷土重来<rt>xiào zhōng guó wáng de shì li juǎn tǔ chóng lái</rt></ruby>，<ruby>分别占领了爱尔兰和苏格兰<rt>fēn bié zhàn lǐng le ài ěr lán hé sū gé lán</rt></ruby>，<ruby>并得到查理<rt>bìng dé dào chá lǐ</rt></ruby>

一世之子——查理二世的支持。这股盘踞在爱尔兰和苏格兰的势力被克伦威尔的军队击溃，1652年，内战以保皇派被彻底粉碎而告终。

战争结束，该是建立新政府的时候了。然而新问题出现了，那就是这个政府应当采用何种宪法形式。这个问题在克伦威尔有生之年始终没有得到解决。

1640年，克伦威尔掌握政权以后，国会始终处于一种规模小、不具有代表性的非主流地位，史称"残阙国会"。

qǐ chū　　kè lún wēi ěr shì tú yǔ zhī dá chéng xié yì
起初，克伦威尔试图与之达成协议，

jǔ xíng xīn de xuǎn jǔ　　xié yì wèi chéng　　kè lún wēi ěr yú
举行新的选举。协议未成，克伦威尔于

nián　 yuè　　rì xuān bù jiě sàn guó huì
1658年4月20日宣布解散国会。

zài kè lún wēi ěr qù shì yǐ qián　　guó
在克伦威尔去世以前，国

huì céng jǐ dù zǔ chéng　　yòu jǐ dù
会曾几度组成，又几度

bèi jiě sàn　　céng yǒu liǎng zhǒng bù
被解散。曾有两种不

tóng de xiàn fǎ bèi cǎi yòng　　dàn zhí
同的宪法被采用，但执

xíng de dōu bù chénggōng
行得都不成功。

zài rèn qī jiān　　kè
在任期间，克

lún wēi ěr yī kào jūn duì jìn
伦威尔依靠军队进

xíng tǒng zhì　　shí jì shang
行统治。实际上，

tā shì yí gè jūn shì dú cái
他是一个军事独裁

zhě　　dàn shì　　tā céng jǐ
者。但是，他曾几

次进行民主实践，甚至拒绝加冕。

这表明，实行军事独裁并不是他的初衷，其实他是想建立一个有效率的政府。

从1653到1658年，克伦威尔作为"护国公"统治英格兰、苏格兰和爱尔兰。在这5年间，总体说来，克伦威尔的政府是贤能的。他修改严厉的刑法，支持教育。他主张宗教宽容，允许犹太教重返英国，并进行传播。克伦威尔的外交政策也很成功。

克伦威尔是英国资产阶级的领导者，内战时期的军事统帅。他的军事指挥才能及治国方略值得后人学习。

路易十四

——波旁王朝的"太阳王"

路易十四（1638-1715），全名路易·迪厄多内·波旁，自号太阳王，是法国波旁王朝著名的国王，兼任巴塞罗那伯爵，是

法王路易十三的长子。他5岁即位，由其母安娜执政，但实权掌握在首相马扎然手中。1661年马扎然去世后，路易十四开始亲政。

lù yì shí sì gāng yí shàng tái　　lì jí fā dòng yí cì jūn
路易十四刚一上台，立即发动一次君

zhǔ zhèng biàn　　pàn chǔ cái zhèng zǒng jiān fú kǎi zhōng shēn jiān jìn
主政变，判处财政总监福凯终身监禁，

bìng mò shōu qí sōu guā de jù kuǎn
并没收其搜刮的巨款。

tā hái bō duó bā lí fǎ yuàn duì guó wáng chì lìng tí chū yì
他还剥夺巴黎法院对国王敕令提出异

yì de quán lì　　huī fù le guó wáng zhí jiē xiàng gè jùn pài qiǎn sī
议的权利，恢复了国王直接向各郡派遣司

fǎ zhì ān hé cái zhèng jiān dū guān de zhì dù
法、治安和财政监督官的制度。

路易十四在中产阶级中选择自己的亲信大臣，他亲自主持国务会议，听取这些大臣的报告，然后单独决定一切重要事务。

在国内经济领域，路易十四推行科尔伯的重商主义政策。在科尔伯担任财政总监期间，法国兴办了大规模的集中的手工工场，废除至少有一半地区的关卡，降低税率，修建公路，改善河道，开凿朗格多克运河，奖励工业生产，国内市场得到极大的发展。

同时科尔伯提高外国工业品的进口税，并对外国船只进入法国港口课以重税。他还设立东印度公司等享有特许权的

máo yì gōng sī　　yǐ kuò dà hǎi wài mào yì　　tā hái jiàn lì le
贸易公司，以扩大海外贸易。他还建立了

yì zhī kě gōng shāng yè hé jūn shì xū yòng de yuǎn yáng jiàn duì　suǒ
一支可供商业和军事需用的远洋舰队。所

yǒu hǎi yuán guī guó wáng tiáo pèi　　fǎ guó hái cān jiā le xī ōu gè
有海员归国王调配。法国还参加了西欧各

guó lüè duó hǎi wài zhí mín dì de jìng zhēng　zài yìn dù　　lù yì sī
国掠夺海外殖民地的竞争，在印度、路易斯

ān nà　　jiā ná dà　　xī yìn dù qún dǎo kuò dà zhí mín qīn lüè
安那、加拿大、西印度群岛扩大殖民侵略。

wèi le zài ōu zhōu chēng bà　　lù yì shí sì tuī xíng le
为了在欧洲称霸，路易十四推行了

qīn lüè xìng de duì wài zhèng
侵略性的对外政

cè　　lù yì shí sì
策。路易十四

yōng yǒu yì zhī cháng bèi jūn
拥有一支常备军。

nián fǎ guó de lù jūn rén shù dá dào wàn
1672年，法国的陆军人数达到12万，

nián chāo guò wàn yǔ ōu zhōu qí tā guó jiā jūn duì
1690年超过30万，与欧洲其他国家军队

rén shù zǒng hé jī hū xiāng dāng wǔ qì zhuāng bèi yě dà dà gǎi
人数总和几乎相当。武器装备也大大改

shàn jūn shì gōng chéng shī fó bāng wán chéng le zhù chéng shù fāng miàn
善。军事工程师佛邦完成了筑城术方面

de gé mìng bǎ fǎ guó hěn duō chéng shì xiū zhù chéng fó
的革命，把法国很多城市修筑成"佛

bāng shì de bǎo lěi
邦式的"堡垒。

路易十四统治的理论基础是"君权神授"。为了把专制权力扩大到臣民的宗教信仰方面，他不允许不同宗教派别的存在。他对南森教徒进行迫害，并派骑兵到加尔文教徒家中进行骚扰。

1685年，路易十四又废止南特敕令，严禁加尔文教的存在。在宫廷内，路易十四也树立国王的无上权威。

1682年，他把宫廷迁往他在巴黎附近兴建的凡尔赛宫。他一反法国宫廷的放任传统，采用西班牙宫廷的庄严仪式。当时宫廷称路易十四为"太阳王"。

杜桑
dù sāng

——海地"国父"

弗朗索瓦·多米尼克·杜桑·卢维
fú lǎng suǒ wǎ　　duō mǐ ní kè　　dù sāng　　lú wéi

杜尔（1743-1803），简称杜桑·卢维杜
dù ěr　　　　　　　　　　jiǎn chēng dù sāng　　lú wéi dù

尔，海地历史中最伟大
ěr　　hǎi dì lì shǐ zhōng zuì wěi dà

的人物，是海地革命主
de rén wù　　shì hǎi dì gé mìng zhǔ

要领导者之一，被称为
yào lǐng dǎo zhě zhī yī　　bèi chēng wéi

海地"国父"，是与圣
hǎi dì　　guó fù　　　　shì yǔ shèng

马丁、玻利瓦尔齐名的
mǎ dīng　　bō lì wǎ ěr qí míng de

拉丁美洲民族英雄。
lā dīng měi zhōu mín zú yīng xióng

　　杜桑15岁那年，当地发生了一次奴隶暴动。不久，这次暴动失败。杜桑亲眼看见，法国殖民当局把参加这次暴动的一个名叫麦坎达尔的逃亡奴隶，残酷地扔进火堆里活活烧死，这件事给他留下了深刻的印象。

　　1791年10月，杜桑到其好友比亚苏领

dǎo de qǐ yì jūn zhōng   bèi rèn mìng wéi bǐ yà sū de mì shū
导的起义军中，被任命为比亚苏的秘书，

bìng hěn kuài chéng wéi bǐ yà sū zuì dé lì de zhù shǒu   jīng bǐ yà
并很快成为比亚苏最得力的助手。经比亚

sū tóng yì   dù sāng zài qǐ yì jūn zhōng zǔ zhī hé xùn liàn le yì
苏同意，杜桑在起义军中组织和训练了一

zhī   rén de jīng ruì bù duì   gāi jūn jiē lián zhòng chuāng dí
支600人的精锐部队，该军接连重创敌

jūn   wēi zhèn zhěng gè hǎi dì
军，威震整个海地。

nián chūn   yīng guó hé xī bān yá jié chéng fǎn
1793年春，英国和西班牙结成反

fǎ lián méng   xiān hòu rù qīn hǎi dì xī bù   yuè   dù sāng
法联盟，先后入侵海地西部。5月，杜桑

shuài lǐng tā de   míng qǐ
率领他的600名起

义军与西班牙军联合，大败法军，攻占了
海地北部戈纳伊夫等重镇。然而，靠起义
军协助取胜的西班牙军，却在占领区恢复
罪恶的奴隶制度。杜桑怒不可遏。

1794年5月，革命的法国宣布废除海
地奴隶制度，在一定程度上满足了海地
奴隶起义的要求，杜桑随之采取联法抗西
策略，将西班牙殖民军赶出了海地北部地
区，并在那里废除了奴隶制度。

1798年初，杜桑又率起义军打退英国
干军的进攻，夺取西部重镇米留拔拉斯，
直逼太子港。8月30日，迫使英军签订停战
协定，10月1日，英军向起义军投降。

1794年7月以后，代表大资产阶级利益的法国督政府上台，又企图恢复在海地的殖民统治和奴隶制度。

1799年，杜桑统率6万起义军，在广大人民支持下，先后驱逐了法国的特派员和殖民军司令官，解除了法军的武装，基本断绝了海地与法国的依附关系。接着，又镇压了海地北部和西部地区种植园主的叛乱。

　　1801年1月，率军东征西属圣多明
各，直捣西班牙殖民统治老巢圣多明各
城，统一了整个海地岛。

　　海地岛统一后，杜桑着手整顿社会
秩序，建立革命政权，恢复、发展经济，
开展了对外贸易，特别注重整顿和发展
农业。

1801年7月1日，召开国民议会，颁布了海地第一部宪法，宣布永远废除奴隶制度，居民在法律面前一律平等，私有财产神圣不可侵犯，提倡自由贸易等。杜桑被推举为终身总统，有权选择继承人。

在他的治理下，海地社会稳定，经济逐步繁荣，过去的奴隶们开始享受平等权利，因而被黑人称为"杜桑爸爸"。

何塞·圣马丁

——南美解放者

何塞·德·圣马丁（1778-1850），阿根廷将军、南美西班牙殖民地独立战争的领袖之一。他是美洲公认的解放者，是阿根廷、智利、秘鲁三个共和国的"祖国之父"和"自由的奠基者"。

shèng mǎ dīng suì shí   suí jiā qiān yí xī bān yá mǎ dé
圣 马 丁 8 岁 时，随 家 迁 移 西 班 牙 马 德

lǐ   yīn shòu jūn rén shì jiā yǐng xiǎng   tā zì xiǎo jiù xiàng wǎng
里。因 受 军 人 世 家 影 响，他 自 小 就 向 往

róng mǎ shēng yá
戎 马 生 涯。

suì cān jūn rèn shì guān shēng   suì jí rèn zhōng wèi
11 岁 参 军 任 士 官 生，18 岁 即 任 中 尉。

tā pō yǒu jūn shì cái néng   zài fǎn duì ná pò lún de zhàn zhēng
他 颇 有 军 事 才 能，在 反 对 拿 破 仑 的 战 争

zhōng lǚ jiàn zhàn gōng   bèi pò gé jìn shēng wéi shào xiào   shèng mǎ
中 屡 建 战 功，被 破 格 晋 升 为 少 校。圣 马

dīng kāi shǐ jūn shì shēng
丁 开 始 军 事 生

yá shí   shì féng
涯 时，适 逢

法国爆发革命，欧洲进入大变革时期。在革命的激流中，他深受进步思想的影响，决心献身于南美的民族解放运动。

1811年，圣马丁毅然辞去西班牙军职，放弃优越的物质生活，离别家人投入阿根廷人民起义的洪流，时年33岁。

1813年，他率军击溃一支来犯的西班牙军队，稳住了革命形势，赢得了阿根廷人民的信任。

1817年，他在24天内率领远征军越过安第斯山的两个天险隘口，长驱直入智利，一举解放了圣地亚哥。

胜利的第二天，圣马丁派人向布宜诺

斯艾利斯政府报告了安第斯军以阵亡20人的代价赢得的辉煌战果：毙敌600余名，俘虏1000余名，缴获了敌人所有的军用物资。

智利解放了，新政府决定任命圣马丁为智利的最高行政长官，并献给他巨额黄金。但是圣马丁谦逊地拒绝了，他把黄金回赠给圣地亚哥人民，用以建造公共图书馆。

智利解放后，圣马丁继续远征秘鲁。1821年7月9日夜间，圣马丁指挥部队开进了

利马城。利马解放了。圣马丁终于实现了

他梦寐以求的夙愿，完成了西属美洲殖民

地独立战争中最辉煌的业绩之一。

　　此时，整个南美洲的独立战争进入了

最后的阶段。在圣马丁解放南方的同时，

北方独立战争在另一位著名民族英雄——

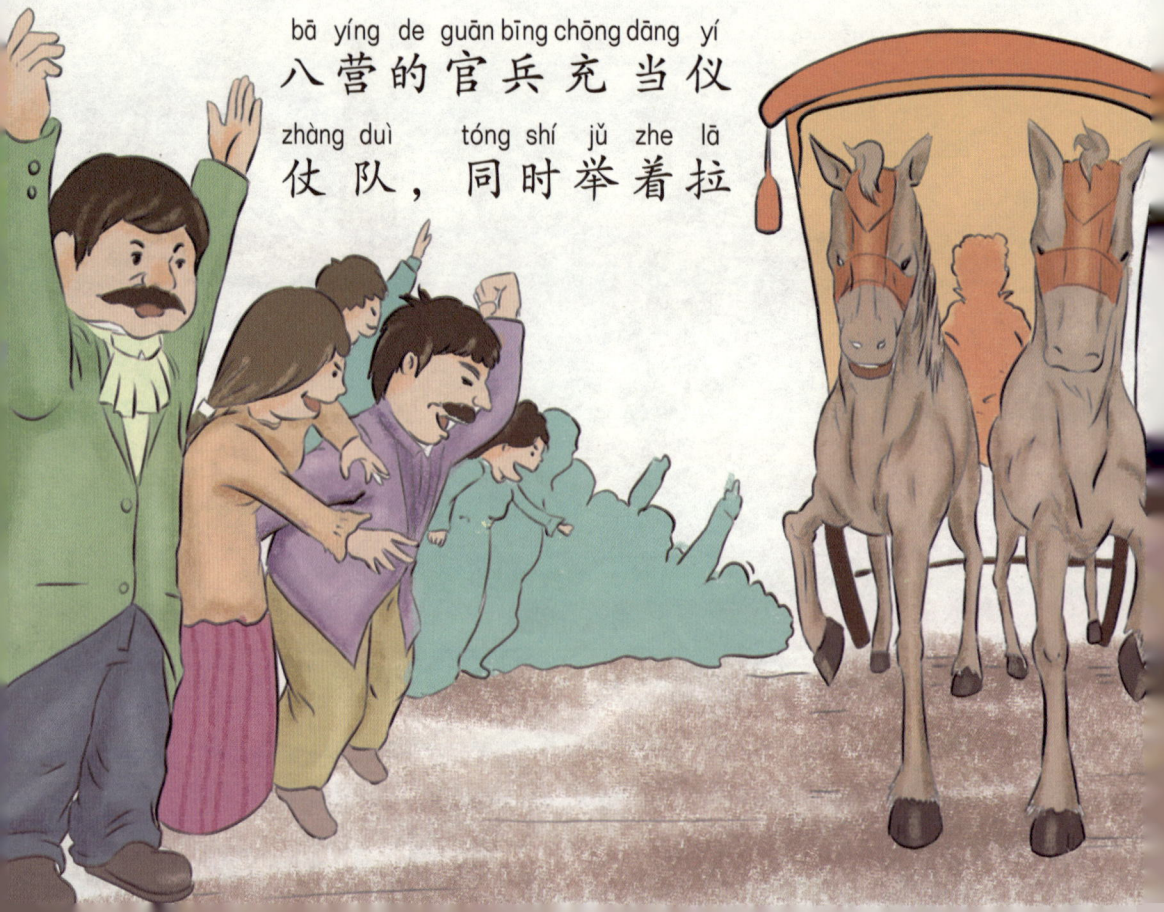

玻利瓦尔的领导下，也已经取得了全面胜利。秘鲁的解放，标志着南美洲独立战争取得了决定性的胜利。

1821年7月28日，在利马举行了隆重的独立庆典。圣马丁以解放军总司令的身份主持了仪式。一连骠骑兵和安第斯军第八营的官兵充当仪仗队，同时举着拉

普拉塔和智利的国旗参加秘鲁庆典。

圣马丁按捺不住内心的激动，以激昂的声音宣布："从现在起，秘鲁由于人们的意愿以及她的由上帝保卫着的事业的正义性，宣告自由和独立了！"

1822年，圣马丁回到阿根廷，他无意取得功名，也不愿卷入政治纷争，带着女儿前往欧洲隐居，1850年去世。

今天，无论是阿根廷人民、智利人民、秘鲁人民，都视圣马丁为他们民族的骄傲和象征。人们把圣马丁誉为"安第斯山的骑士"、"南美洲的华盛顿"和"新世界最伟大的缔造者之一"。

<ruby>卡<rt>kǎ</rt></ruby> <ruby>尔<rt>ěr</rt></ruby> · <ruby>克<rt>kè</rt></ruby> <ruby>劳<rt>láo</rt></ruby> <ruby>塞<rt>sāi</rt></ruby> <ruby>维<rt>wéi</rt></ruby> <ruby>茨<rt>cí</rt></ruby>

——军事著作《战争论》的作者

<ruby>卡<rt>kǎ</rt></ruby> <ruby>尔<rt>ěr</rt></ruby> · <ruby>克<rt>kè</rt></ruby> <ruby>劳<rt>láo</rt></ruby> <ruby>塞<rt>sāi</rt></ruby> <ruby>维<rt>wéi</rt></ruby> <ruby>茨<rt>cí</rt></ruby>（1780-1831），

<ruby>德<rt>dé</rt></ruby> <ruby>国<rt>guó</rt></ruby> <ruby>军<rt>jūn</rt></ruby> <ruby>事<rt>shì</rt></ruby> <ruby>理<rt>lǐ</rt></ruby> <ruby>论<rt>lùn</rt></ruby> <ruby>家<rt>jiā</rt></ruby> <ruby>和<rt>hé</rt></ruby> <ruby>军<rt>jūn</rt></ruby> <ruby>事<rt>shì</rt></ruby> <ruby>历<rt>lì</rt></ruby> <ruby>史<rt>shǐ</rt></ruby> <ruby>学<rt>xué</rt></ruby> <ruby>家<rt>jiā</rt></ruby>，<ruby>参<rt>cān</rt></ruby> <ruby>与<rt>yù</rt></ruby> <ruby>普<rt>pǔ</rt></ruby>

<ruby>鲁<rt>lǔ</rt></ruby> <ruby>士<rt>shì</rt></ruby> <ruby>的<rt>de</rt></ruby> <ruby>军<rt>jūn</rt></ruby> <ruby>事<rt>shì</rt></ruby> <ruby>改<rt>gǎi</rt></ruby> <ruby>革<rt>gé</rt></ruby>，<ruby>一<rt>yí</rt></ruby> <ruby>度<rt>dù</rt></ruby> <ruby>出<rt>chū</rt></ruby> <ruby>任<rt>rèn</rt></ruby> <ruby>俄<rt>é</rt></ruby> <ruby>国<rt>guó</rt></ruby> <ruby>军<rt>jūn</rt></ruby> <ruby>参<rt>cān</rt></ruby> <ruby>谋<rt>móu</rt></ruby> <ruby>长<rt>zhǎng</rt></ruby>，<ruby>为<rt>wèi</rt></ruby> <ruby>俄<rt>é</rt></ruby> <ruby>国<rt>guó</rt></ruby> <ruby>打<rt>dǎ</rt></ruby> <ruby>败<rt>bài</rt></ruby> <ruby>拿<rt>ná</rt></ruby> <ruby>破<rt>pò</rt></ruby> <ruby>仑<rt>lún</rt></ruby> <ruby>立<rt>lì</rt></ruby> <ruby>下<rt>xià</rt></ruby> <ruby>了<rt>le</rt></ruby> <ruby>不<rt>bù</rt></ruby> <ruby>朽<rt>xiǔ</rt></ruby> <ruby>功<rt>gōng</rt></ruby> <ruby>勋<rt>xūn</rt></ruby>，<ruby>后<rt>hòu</rt></ruby> <ruby>出<rt>chū</rt></ruby> <ruby>版<rt>bǎn</rt></ruby> <ruby>作<rt>zuò</rt></ruby> <ruby>品<rt>pǐn</rt></ruby> <ruby>《战<rt>zhàn</rt></ruby> <ruby>争<rt>zhēng</rt></ruby> <ruby>论<rt>lùn</rt></ruby>》。

卡尔·克劳塞维茨1780年6月1日出生于普马格德堡附近布尔格镇的一个退役军官家庭，从小受到军旅生活的熏陶。

1795年，克劳塞维茨晋升为军官。

1809年初，克劳塞维茨奉命调普军总参谋部工作，任总参谋长兼军事改革委员会主席沙恩霍斯特的办公室主任，在推动普鲁

士军队改革的事业中发挥了十分重要的作用，也为后来撰写《战争论》积累了丰富的感性材料。

1807年9月蒂尔西特条约签署后，普鲁士沦为法国的附庸国。为了摆脱这种被奴役受欺凌的地位，克劳塞维茨积极向沙恩霍斯特建议：一是躲

过法国的监视，储备大量兵员；二是多方

设法，改善武器装备。

至1812年，军事改革委员会已为建立

一支数量倍于普鲁士正规军的后备部队准

备好了兵员和武器装备，从而为最后战

胜拿破仑奠定了基础。

1812年4月，克劳塞维茨因反对普王

威廉三世同拿破仑结成同盟而辞职。

5月，克劳塞维茨去俄国，参加反抗拿

破仑的战争在俄军任军参谋长等职，参

加了斯摩棱斯克争夺战和博罗季诺会战。

1812年6月中旬，拿破仑摆开向俄国大

举进攻的架势。按最高估计，当时俄军有18

wàn rén　　　 ér fǎ jūn àn zuì dī gū jì yě yǒu　　 wàn rén
万人，而法军按最低估计也有36万人。

　　　　 rú hé zhàn shèng qiáng dí　　 shā huáng dà běn yíng zhǎn kāi le
如何战胜强敌，沙皇大本营展开了

yì chǎng zhēng lùn　　 kè láo sāi wéi cí tóng yì jiāng dí rén fàng jìn
一场争论。克劳塞维茨同意将敌人放进

lai　　 dài qí pí bèi hòu zài yǔ zhī jué zhàn de zhǔ zhāng　　 rèn wéi
来，待其疲惫后再与之决战的主张，认为

miàn duì zhè yàng de qiáng dí　　 wéi yī de bàn fǎ jiù shì xiàng běn guó
面对这样的强敌，唯一的办法就是向本国

fù dì tuì què
腹地退却。

　　　　 é huáng yà lì shān dà cǎi qǔ le xiān tuì hòu gōng de zhèng
俄皇亚历山大采取了先退后攻的正

què jué cè　　　 zuì zhōng bǎ ná pò
确决策，最终把拿破

lún gǎn chū le guó jìng
仑赶出了国境。

在1812年法俄战争中，诱敌深入和民众战争是俄皇亚历山大对付拿破仑的两个法宝，对赢得战争的胜利起过决定性作用。克劳塞维茨更是认清了这两种有效手段在抵御外侮中的巨大力量，并把它上升为理论加以阐述。

在诱敌深入战略方面，认为主要的和根本的条件是国土辽阔，或者至少是退却线较长。

在民众战争方面，克劳塞维茨

分析了这种战争同以往战争的不同点和实行这种战争的主体力量，认为战争发展到拿破仑时代，已由过去的皇室战争转变为民众战争。

他指出，"在这种战争中人民起着举足轻重的作用"；并且认为，"一般说

来，善于运用民众战争这一手段的国家会比那些轻视民众的战争的国家占有相对的优势"。

1814年春，随着拿破仑第一次被击败，克劳塞维茨重新回到普鲁士军队，开始总结对拿破仑战争的经验，从事战争理论的研究。

1818年5月，克劳塞维茨被调任柏林军官学校校长，在任12年，致力于军事理论、军事历史的研究，撰写了许多军事历史著作，最为著名是"不是在两三年后就会被人遗忘"的《战争论》。

毛奇
máo qí

——为德意志统一作贡献

赫尔穆特·卡尔·贝恩哈特·冯·毛奇（1800-1891），普鲁士和德意志名将，他是德国的军事家、军事理论家、元帅、著名的军事谋略家。其代表作有《毛奇军事论文集》、《军事教训（交战的准备）》。

máo qí chū shēng zài méi kè lún
毛奇出生在梅克伦
bǎo de xiǎo chéng pà ěr xī mǔ
堡的小城帕尔希姆，
zǔ shàng shì róng kè guì zú
祖上是容克贵族。
fù qin dāng guò pǔ lǔ shì jūn
父亲当过普鲁士军
guān mǔ qīn lái zì lú
官。母亲来自卢
bēi kè de shāng rén jiā tíng
卑克的商人家庭。
tóng bù shǎo róng kè jiā tíng yí yàng
同不少容克家庭一样，
shí jiǔ shì jì chū máo qí jiā de jīng jì yě pò chǎn le
十九世纪初，毛奇家的经济也破产了。

nián máo qí rèn fāng miàn jūn zǒng cān móu zhǎng cì nián
1857年毛奇任方面军总参谋长，次年
rèn pǔ lǔ shì zǒng cān móu zhǎng zhè shí de máo qí yǐ jīng suì
任普鲁士总参谋长。这时的毛奇已经58岁
le dàn tā rèn wéi tā de shì yè cái gāng gāng kāi shǐ tā shì
了，但他认为他的事业才刚刚开始。他是
yí gè shǎo jiàn de gōng shùn de rén tā xiǎo xin jǐn shèn de wéi hù
一个少见的恭顺的人，他小心谨慎地维护
zhe zì jǐ de quán wēi zài zhàn zhēng wèn tí shang tā yǒu xǔ duō
着自己的权威。在战争问题上，他有许多

dú dào de jiàn jiě
独到的见解。

máo qí de zhàn zhēng shí jiàn　　zhǔ yào biǎo xiàn yú liǎng cì wèi
毛奇的战争实践，主要表现于两次为

zhēng qǔ dé yì zhì mín zú huī fù tǒng yī de zhàn zhēng　　jí pǔ ào
争取德意志民族恢复统一的战争，即普奥

zhàn zhēng hé pǔ fǎ zhàn zhēng　　qí jūn
战争和普法战争，其军

shì móu lüè sī xiǎng yě zài qí zhàn
事谋略思想也在其战

zhēng shí jiàn hé jūn shì lǐ lùn zhōng
争实践和军事理论中

dé dào huī huáng de tǐ xiàn
得到辉煌的体现。

máo qí dān rèn zǒng cān móu
毛奇担任总参谋

长后，他埋头经营，并且逐步增加了总参谋部的编制，他扩大了总参谋部的权限，并且大规模地草拟同法国、奥地利乃至俄国的作战计划。

同时，毛奇还采取了一系列加强部队建设的措施，从动员体制、军事训练到武器装备等各方面都进行了认真整治。

1866年6月，普奥战争爆发。毛奇指挥普军首先攻占德意志北部各邦，作为自己的战略翼侧和后方，他命令普军兵分三路：

王储弗里德里希·威廉指挥第二军团12.7万人，从东北向明兴格雷次方向进攻，弗里德里希·卡尔亲王指挥第一军团

9.7万
人，从北
面向赖兴堡方向进
攻；比通非特将军指挥第
三军团5万人，从西北向
明兴格雷次方向进攻。
三路大军
从三个方向楔

进奥军纵深，迅速包围、分割奥军。然后三路普军又汇成两路，目标直指维也纳，经过数次攻击及萨多瓦决战，普军取得了决定性胜利。

在1870年的普法战争中，法国虽然首先宣战，但准备很不充分，后勤供应极差。而普军在毛奇的指挥下，军事动员进行得像钟表一样准确。

当法军于8月2日首先发起进攻后，即遭到普军的迎头痛击。两后天，普军转入进攻，三路大军很快越过国境。

南路普军首先重创法军麦克马洪部的右翼，占领维桑堡，接着，

双 方在维尔特村激战，法军全线崩溃。

8月底，普军又以两翼钳击的战术把麦

克马洪部压缩在色当城内。

9月1日，20万普军对色当发起总攻，

迫使城内8万多法军、麦克马洪元帅及法

皇拿破仑三世投降。

毛奇军队生涯70年，其中，担任总参
谋长达30年之久，在军事领域的许多方面
均有建树，而其丰富、独特的军事谋略思
想尤其令人折服。

他直接指挥的两次战争，大大削弱了
奥匈帝国的实力，实现了普鲁士领
导下的德意志统一，重
新建立了欧洲的
政治基础。

福　煦
fú　xù

——防御策略下的胜利

　　斐迪南·福煦（1851-1929），法国元帅，其父拿破仑·福煦，第一次世界大战后期协约国军队西线总司令，著名军事家、谋略家。他的主要作品有《战争原理》、《战争指南》等。

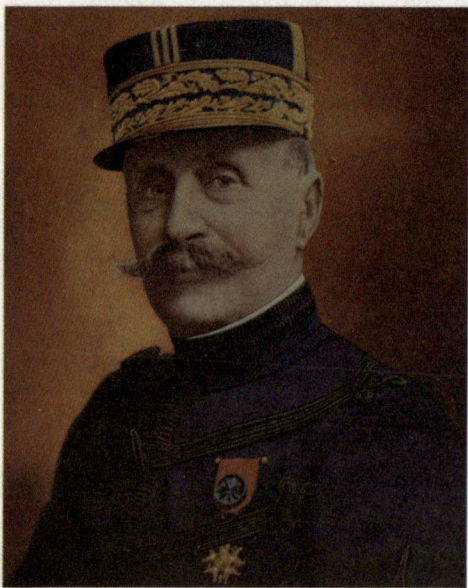

fú xù chū shēng yú shàng bǐ lì niú sī de tǎ bèi sī de yí
福煦出生于上比利牛斯的塔贝斯的一

gè wén zhí rén yuán jiā tíng　　qīng shào nián shí dài　　tā jiù duì jūn
个文职人员家庭。青少年时代，他就对军

shì wèn tí chǎn shēng le jí dà de xìng qù
事问题产生了极大的兴趣。

nián pǔ fǎ zhàn zhēng bào fā　　tā bào míng cān jiā
1870年普法战争爆发，他报名参加

le bù bīng　　kāi shǐ tóu rù jūn shì shēng yá
了步兵，开始投入军事生涯。

nián jìn shēng dào tā de zuì gāo zhí wèi　　rèn xié yuē
1918年晋升到他的最高职位，任协约

国联军总司令、法国元帅。

福煦是1918年法兰西战争当之无愧的胜利者。在这一战争中，充分显示了福煦出色的谋略才能。

1918年，法德大战进入最后阶段。4月14日，福煦被指定为西线联军总司令，由他对联军实施统一指挥。

开始的防御阶段是惊心动魄的，但是福煦并没有被吓倒，他命令各路守军处处设防，灵活使用后备队。哪里需要，就把后备队调往哪里。

另外，再成立一支后备队。这种防御打法非常成功。尽管德军的进攻开始

时势不可当，几天之后，便精疲力尽了，
因此，德军的突破只能形成个别突破。

7月，鲁登道夫最后一次向香巴尼发
动进攻，法军已在纵深地区作了准备，所
以德军未能突破防线。

这时，福煦决定拿起
他早已准备好的反击部
队进行反击。这次反击大获
全胜。这时局势大转，福煦
组织了一系列猛烈进攻。

在德军受到严重

cuò zhé de qíngkuàng xià　　fú xù bǎ máo tóu duì zhǔn le　dé jūn fáng
挫折的情况下，福煦把矛头对准了德军防

xiàn de sān gè tū chū dì dài　　mǎ ēn hé　　yà mián hé shèng mǐ
线的三个突出地带：马恩河、亚眠和圣米

yē ěr
耶尔。

　　　　yú shì　　fú xù zhǐ huī yīng fǎ lián jūn yú　　　　nián yuè
　　于是，福煦指挥英法联军于1918年8月

duì dé jūn fā qǐ le zuì hòu yí cì zhàn yì　　jí yà mián zhàn yì
对德军发起了最后一次战役，即亚眠战役。

　　zài zhè cì zhàn yì zhōng　　fú xù qià dāng dì xuǎn zé le tū
　　在这次战役中，福煦恰当地选择了突

　　　　　　　pò dì duàn　　chū qí bú yì de xiàng
　　破地段，出其不意地向

　　　　　　　　　dé jūn fā qǐ tū jī　　bìng
　　　　德军发起突击，并

大量集中地使用了坦克，发挥联军在兵力上所占有的巨大优势。

当福煦赢得主动后，他只是发起有限的进攻，这样可以充分利用进攻开始阶段的炮火优势，置防御者于劣势地位，使防御者比进攻者的消耗更大。

福煦对战术的熟练运用加速了德军的崩溃。8月8日，英法联军发起冲击的当天，即向德军防御纵深推进了十一公里，使德军伤亡达二万八千人，损失火炮四百余门，德国人悲伤地称这一天"是世界大战历史上德军最黑暗的日子"。

9月3日，德军被迫撤到兴登堡防线，

亚眠突出地带失守。

9月28日，在联军的攻击下，兴登堡防线全面崩溃，德军再也无力反抗。

11月11日，德军总参谋部认输，在停战协议上签了字，法兰西之战终于胜利结束。福煦也成了战争的英雄。

福煦的胜利无疑是意志、韧力的胜利，即拿破仑所说的"精神力量"的胜利。同时，它也是"智慧"的胜利，"智谋"的胜利，一个爱思考的头脑，一个能吸取经验教训和时刻不脱离实际的现实主义的头脑的胜利。

诺罗敦·西哈努克

——使柬埔寨独立的国王

诺罗敦·西哈努克（1922-2012），1922年10月31日生于金边，柬埔寨的最高政治领袖。是诺罗敦和西索瓦两大王族的后裔，已故诺罗敦·苏拉玛里特国王和哥沙曼。尼亚里丽王后之子。

西哈努克早年曾就读于越南胡志明市和法国巴黎，1941年4月被王位委员会推选为国王。

1946年至1948年，他在法国索缪尔骑兵军事技术及装甲兵学院接受高等教育。

1952年至1953年，他以柬埔寨国王身份向法国提出独立要求，并于1953年11月9日使柬埔寨获得完全独立。

1955年4月，他代表柬埔寨出席万隆亚非会议，并宣告柬埔寨为中立国。

1955年至1957年，他3次出任柬埔寨首相兼外交大臣，并于1956年2月至9月任柬埔寨王国驻联合国常任代表。

1956年，他与南斯拉夫总统铁托、阿拉伯联合共和国总统纳赛尔、印尼总统苏加诺和印度总理尼赫鲁共同签署了不结盟运动宣言，成为不结盟运动的缔造者之一。1958年7月，他再次出任柬埔寨首相。

1960年其父逝世后，西哈努克宣誓就任国家元首。1970年3月18日朗诺施里玛达集团政变后，他寓居北京，并于同年3月

23日宣布成立柬埔寨民族统一阵线并任主席，领导民族解放斗争。

1974年4月17日，民族统一阵线在柬埔寨取得全面胜利后，他就任民主柬埔寨国家主席。

1976年4月，他辞去国家主席职务。

1981年3月，他成立争取柬埔寨独立、中立、和平与合作民族团结阵线，并亲自担任主席至1989年8月27日。1982年7月9日，他就任民主柬埔寨主席。

1991年7月17日，他被推举为柬埔寨全国最高委员会主席。同年10月23日，他率柬埔寨全国最高委员会全体成员出席巴黎

会议，并签署了"关于全面政治解决柬埔寨冲突的协定"。11月14日返回金边后，他被柬埔寨四方一致拥戴为国家元首。

1993年6月14日，柬制宪会议通过决议，完全恢复西哈努克亲王在1970年3月18日违宪政变前的一切权利和地位，并授予他国家元首的所有权力。

同年9月24日，柬埔寨颁布新宪法，恢复君主立宪制。同日，王位委员会一致选举西哈努克为国王、终身国家元首。

2004年10月6日，西哈努克国王发表告同胞书，宣布由于健康等原因决定退位。

西哈努克国王是中国人民的老朋友。他长期致力于中柬友好事业，并多次访问中国。

他曾先后创作了《怀念中国》、《万岁，人民中国；万岁，主席毛泽东》和《啊，中国，我亲爱的第二祖国》等赞颂中柬友好的歌曲。他也曾多次慷慨解囊，向中国遭受自然灾害的地区捐款。

nián yuè rì yìng zhōng guó de yāo qǐng xī
1999年4月30日，应中国的邀请，西

hā nǔ kè guó wáng zài mò ní liè wáng hòu de péi tóng xià dào zhōng guó
哈努克国王在莫尼列王后的陪同下到中国

kūn míng chū xí kūn míng shì jiè yuán yì bó lǎn huì kāi mù shì
昆明出席昆明世界园艺博览会开幕式。

图书在版编目（CIP）数据

谋略家小故事 / 李晓伟著. -- 长春 : 吉林美术
出版社，2015.8（2022.3重印）
（大名人的启迪小故事）
ISBN 978-7-5575-0075-7

Ⅰ. ①谋… Ⅱ. ①李… Ⅲ. ①儿童故事—作品集—世
界 Ⅳ. ①I18

中国版本图书馆CIP数据核字(2015)第193833号

大名人的启迪小故事　谋略家小故事

出 版 人　赵国强

责任编辑　魏　冰

开　　本　700mm×1000mm 1/16

印　　张　8

字　　数　46千字

版　　次　2015年8月第1版

印　　次　2022年3月第3次印刷

印　　刷　汇昌印刷（天津）有限公司

出　　版　吉林美术出版社有限责任公司

发　　行　吉林美术出版社有限责任公司

地　　址　长春市福祉大路5788号

电　　话　总编版：0431-81629572

定　　价　29.80元